水 昀 塵 瀾

馬　凡媗　|　Jacyli Ma

白象文化

推薦序一
生命中隱藏的祝福

　　有些祝福是明白的，讓我們歡喜接受；有些祝福則是隱藏的，要等到事過境遷，在許久之後，我們方才了然於心。

　　有時候，我們沒有信心，是由於經歷太少、磨練不足。我們要學會對許多事情都能平靜接受，因為，我們不是得到就是學到，怎麼說都是收穫。當然，應該歡喜面對，而不是怨天尤人。

　　每一件發生的事情都有上天的旨意，也許是讓我們多有學習，以承擔重責大任。也許是將我們納在一個更大、更重要的計劃中，又哪是眼前我們所能知曉的呢？

　　凡媗，曾經是我課堂上的學生。聰慧而美，文章也寫得好。

　　別後再見時，我已遷居臺北，她已單身帶著兩個兒子一起來玩，兒子仍在稚齡，後來她定居在中部工作，我們在部落格和臉書上認出了彼此。第二次見面時，她送了我一本她寫的書《羽化的精靈》，給了我很大的驚喜。

現在，她的新書《水昀塵瀾》要出版了，像詩一樣的散文，是她作品的特色。

在我的心目中，她像珍珠，閃著溫潤的光。

背後有她的艱苦卓絕，那是一個運動員的堅持。國中時，她是學校裡的網球隊長，吃苦耐勞，絕不輕言放棄。長大以後，她對人生如此，對寫作也是。

如果，蓮花可以出淤泥而不染，那麼，對蓮花而言，污泥不是詛咒，而是祝福；如果，蝴蝶能破蛹而翩然起舞，對蝴蝶而言，蛹不是阻力，而是助力。

所以，在我們的生命中，所有的困難和阻礙，不也都是一種隱藏的祝福嗎？

恭喜凡媗出新書，相信她會越寫越好，有著自己的文字風格，更得到更多讀友的由衷喜愛。

　　是的，她是我心中永恆的珍珠，閃亮美麗的
光。

　　　　　　　琹涵　二〇一九年盛夏

琹涵
曾任國中教師，目前專業寫作。
其作品〈成功〉、〈酸橘子〉先後入選國中國文課
本，〈樂趣〉、〈山林小記〉、〈欣賞的心〉、
〈聰明的人〉等入選海外華文教科書，文章也被大
量採用作為高中基測及北一女等名校甄試閱讀測驗
的範文。曾獲中山文藝獎散文獎，著作豐，量多而
質精，目前仍勤於筆耕。

推薦序二
繁花不曾聞，只與一人言

　　走一趟作者耕耘的詩園裡，晨遇煙雨朦朧，午迎東風拂面，抬起頭來已是皎月當空，這是四季的風情，還是四季的韻律，在如歌如風的歲月中，時光逆旅，當秋月不在，冬風急走，勝日與春風不是永恆時，詩園內留給我的是詩人的那一句：「夢一場，不相忘。」

　　我問詩人：「愛是夢還是夢是愛？」她用手指向花園的出口，微笑的回答：「愛是走一條百年舊路，終究是花道零落，但月色如故。」

　　當我走出詩園時，總覺得有什麼是我遺落沒看見的，於是當我回頭一眸迎面而來的是，鳶尾輕搖不需別的灑脫。

生活教練　

賀忠民
學歷：國立海洋大學商學士及南華大學文學研究所
非營利組織：中華想像五年後的你教育推廣協會
　　　　　　常務監事
　　　　　　中華適性教育推廣協會理事
得獎：2014WIAL國際最卓越行動學習教練獎

推薦序三
是她｜She Is...

同樣來自南部的鄉下小孩 曾是故鄉臺南縣白河的她
這般熟悉且充滿蓮花淡香的氣韻 徐徐吹拂裊裊緩緩
猶若出淤泥而不染的精靈 散播真愛奉獻的高風亮節
錯過青春選擇了離鄉背井奔波勞碌 幾近遺落了文學
庸庸碌碌的人生 展望幸福的未來跨步邁進苦心經營
現實一起一伏襲來 夢想變革絕望煙硝飛滅付諸流水
義無反顧獨自扛起家計 拉把小孩成長茁壯至死不渝
在脆弱彷徨無助下 轉身看見了生命的出口彌足珍惜

或許曾被允諾的未來 早已吞噬在情感履歷中
看似隱隱作痛 卻是喚醒曾經擁有的存在價值
道路盡頭 卻是一股腦兒的寄情於情殤文學中
又或許藉由詩賦 將美學饗宴編織相乘文字堆疊
魔法般地熱情 點亮文藝新創猶如懷抱熾熱的吻
抱持樂觀態度 以莫忘初衷的信念展開知性之旅

所有旅程中 沒有導演指揮妳的人生該詮釋什麼角色
人生如戲戲如人生 不論過程轟轟烈烈還是賺人熱淚
孤注一擲在各齣情節上 演繹不同效果與張力的戲分
跌倒受挫同時披荊斬棘 體悟普世價值中的人生真諦

將幽黯陰鬱的心房 轉念為散播光明的心懷傳遞宣揚
重拾筆中的旋律躍然於紙上 寫下唯心所向花開心語

她的文藻創作出 一份屬於天地之間的人文情懷素養
擷取自靈感詞彙熟語 洋溢出希望迎向陽光描繪未來
溫柔撫慰的隻字片語 擘畫出幕幕感動人心故事篇章
卷卷頁頁翻閱出 如音符般綻放悸動不已的澎湃熱情

教導大愛面向所有的人事物
永恆般的恩慈撫平每個傷痛
詩篇訴諸世人活在每個當下
心願祈禱愛與希望盤古唯一

「True happiness requires courage; love who you want to love,
do what you want to do, be the person you want to be.」
真正的幸福需要勇氣；愛你想愛的人，做你想做的
事，成為你想成為的自己。

——《心靈大道（Boulevard）》，2014

Article by 李進

Jackson Lee

李　進　Jackson Lee

在　大契設計　Chi Design　擔任
Creative Director & Owner

在　雲間　精選臺灣在地高山茶　擔任
Visual Creative Designer & Owner

自序

生命如風，如煙般的淡絮
總是拂一縷，拭一塵
荷蓬舊話十里靜，一瓣、一茶心，風記一朵花香

蓮花出淤泥而不染。

我喜歡臺南故鄉的生活，有著許多白色荷花與睡蓮，更有數隻令人喜悅的白鷺鷥，水手服與藍裙，一幕幕在腦海中閃過一片又一片段當年的嘻笑與輝煌，或許我那純真的個性與我生長的環境和家庭有關，總有太多細膩的思維與敏銳的感覺在生活中打轉。

當我一而再的屏住呼吸，感覺身體一直往下沉，不懂游泳的我，在泥漿溫泉裡沒有任何掙扎，隱約聽見淺意識裡的呼喚，我自然攤開了雙手漂浮上來，深吐了差點窒息的一口氣，因此看見一雙慈愛的手。

　　短暫的三分鐘，幼年的經歷在我的腦海裡，似乎透著自己的另一個感知的能力。

　　自幼喜歡古詩詞，看到難理解的字句總是會刨根究底的去尋找答案，但是我常自嘲說，這對理科來說總是用不上。我喜歡在字裡行間去回探靈犀的觸角，用心去體悟人生的百態。

　　我喜歡古代的建築風格與古物品，或許因為如此，我才會因此莫名接觸古代人的後代，有時候會懷疑自己上輩子是否也在古代皇族內度過。然而現實在廉價愛情的世俗裡，每每的經歷只能把這一切的意象，以翰墨形態在內心深處沉澱與轉換生命中的澄淨，再準備好迎接每一個美好的遇見。

　　時光漫流，一幕幕片段故事在腦海中閃過，就像影像魔術師總是會從剪接、編輯再組合拼卻了敘述，缺少哪一區塊都不會是一個完美的人生。

　　有人用流浪或旅遊去追求夢想與感受人生。
　　漫無目的的行走，所經歷的人、事、物，踩在那一片土地，總是想要在記憶中放回最初的感動。

　　我與他們相似，想追尋生命的原始，想找到內心的出口，所以不斷地探索與回溯，在第二本書我用最平實的口吻來述說當時的種種，比較沒有第一本書的艱澀字眼，於是我再用五年的時間，希望你們能夠看到我的成長與蛻變。

　　人的一生都是踽踽獨行，在迷途、徬徨、尋路、孤單、沮喪與衝擊下走完自己的人生。

　　我沒有能耐像建築師（安東尼‧高第‧科爾內特），在世界各地獨樹一幟的建設他所夢幻的建築遺留人世間。

　　我僅能在人生的階段記錄每一章精彩的過程，或許這些只不過是漫漫人生中，最平凡的插曲，卻也是最美的一個摺頁。

　　你似月光灑落在水面上那般的潔淨昀亮
　　我願投映在你的水面中泛起那記憶塵瀾

目錄 contents

輯一　以心以念

輯二　最美遇見

輯三　若陽若雨

輯四　碎月塵花

輯五　凝指風華

輯一 以心以念

心舟的塵屨　搖動了深鬱的林海
掀起了碧青的草波
我心我念　如淡初妝
滿城風絮的相思

一滴墨

遠鳥頡頏而飛，古柏青幽在，銅綠化作你的眼
寒夜霏霖雰雰／一盞殘燈照不盡孤城的荒煙

千載年前的相遇／十方春冬蕭索幾回青春，不渝了
一場夢
倏忽天地的螢燈，光陰徒留新月又幾盅
不作蜉蝣人生／秋風清月明，臨水思長
月是咫尺千秋萬載
風纓動狼煙縈帶／青石板路人間四月雪，倚青苔、
浸染塵

織一段一寸一梭一世的情，化作那一青石
織就春蠶絲，剪不斷那生生世世篆刻心頭

一枕華胥入夢／一轉一千年，一夢浮生遠
風輕輕帶著梅月的涼
捲幾層數九寒霜，誰許下當年的荒唐
樓外的深巷戲內炎涼
不經冷暖風霜，兩地長月空歎

命書盡輪迴弦外的平仄／追隨一束的月光，一滴
墨，卸去人間的妝紅

附註：
頡頏：ㄒㄧㄝˊ　ㄏㄤˊ，鳥飛上飛下的樣子
霢霂：細雨
雰雰：雨雪濃盛
梅月：農曆四月

人生若只初相見

雨後湖岸天破曉，晨風拂紅了桃花
涼涼風月一盞留香，山水迴盪一曲塵揚　　那滾燙
的思念

人生若只初相見／瀟瀟風雨各憑欄，一半留白，一
半清風
春去秋來幾番天，一往而深深幾許，桃花落，誰見
我繁花又幾許

東風夜渡蠶月雨，醉了桃花，花落十里旖旎
涼涼情霏一如念你，夜月明靜妝等誰歸　　那相思
的骨朵

細雨喚醒桃枝芽／聽風絮，耳畔響，誰在煙雲湖岸
外，琴聲悠長

小樓寒窗幾番寂寥／銅門等誰敲，空巷等誰熬
風華燃盡彈指尖，一方花落，一方塵埃，氤氳染透
了滄桑

花塵古道悠揚／醞釀了人生繁景，燙一壺飲盡過往
花腳下凝望更邃了目光
摘落案前一卷空白，十里桃花明月見
剪春風，塵花四五落　　只留一點淡雅

附註：
蠶月：農曆三月

十月傾覆

還未將依偎的溫度把作寒顫
在淵岳傾頹間，擺渡一回不捨的漣游
任春秋罅隙而過，竟來不及問人生幾何？

那天／被織繡在屏風裡人，首肯上演塵盡　空境
風輕雲淡的嗔笑，忽忽幻幻，寂寥為誰？
怎捱過這宿命一聲聲的　　問心

那月／看似青茗甘醇一縷淡香，酩酊在深情的靜弦
以肆意的淡香掩飾了盤鬱的心門，殘存的錯覺，冥
滅了今世的藩籬

墨以　　花香無痕，卻止不了心，離不了念
一天復一天，花開又花落

那年／十月寒霜飛過窗側，誰將墨色潑滿了窗
輕風伴朧月，無關風月的局，你在我掌心傾覆了
傳奇

美麗的遇／一串激越的鼓點，寸心醒在夢外的桑田
相思未墨濃，半忘半生，一曲幽思人去後，悠悠
忘我

天邊行雲

雨瀟瀟橢簾輕霜，山城凝眸月光如初燕呢喃
你在雨落歸處，風無言、山不語，桃花已落千山
那一卷潑墨留白方格，始終無法說圓／戀你筆尖，
如一滴雨水

煙霏霏，揚起繁花落盡
朝來回眸幾煙雨，你在哪山頭停留
人生幾度春秋，滿眼深秋等季落
天未語、地先老，人獨影，誰寂寞
一恍如昨，一醒風過／誰把相思溢成江，荒了兩個
世界

雲渺渺，拾遍天地的蒼涼
一瞬塵與土，千年如一嘆
風雲飄，山水為誰而白頭
月光舊，葬了誰只為情而留

月色輕晃惹了一池丹砂
空畫袖雲紗滿弦月／不知已在畫中　　幾回迷

歲月間一襲夢的雲舟，泊在相遇／流瞬的心音幽邃
成緣
風弦輕織雨就的綿延，思念的合律絕美眸望

一雲雨　一煙塵
青萍之末，風露更婆娑／只管風沙一席話，誰理春
秋在開落

忘川

涼風起／綠了柴木戶牖，紅了煙霞雨落
凌起　　路過誰的家
我一醒轉／等那湖畔作一幅畫　　　你就在那兒

候鳥南飛／左岸的桃花又一夢，
三兩落下環山竟無痕
你不在我仍在／拾紅豆，忘川舟載又一秋

釀前塵，一晌貪夢何處去
畫下日落長雲／依舊倚湖浣筆，斂花釀酒　　　紫夢
亦知秋

胭脂香／千舞的櫻落薰風袖藏，深情亦如舊
花落檐　細烹淺沸似茶苦
我一醒轉／已是一方萬里舟　　　你不在那兒

埋在風中的紅塵，恰逢山雨霧濛時
你尋我已不在／天地將傾誰相忘，以前我們也曾相
遇過
是否可以選擇，你我可以停格在這一花落　　沉默

附註：
戶牖：門窗（牖，讀音一ㄡˇ）

花弦外雨

輕挽幾朵紅瓣／篩過幾影斑駁，十里辰光桃花翩
那一翦相思飛落誰的硯／留一襲花香，沏一壺茗
茶，月光染袂了我的風華

花滿肩，去滿樓
應有人，將春秋封緘，相思盡是飛雪
誰落筆勾勒一抹霞彩，
在經史滿室間臨摹歲月的悠長

褐卷對青燈，夜將墨髮潑滿了白霜
那一曲笛聲安詳不再續看那花開花落，數不盡的春
秋朝夕
只留那無能上墨的痕，一縷花徑尋不回那來時的路

一襲白衣曳地細細拂拭韶華的流轉
來年的綠蕚帶上了春早，渺渺微光歲月靜好
花間路微涼／誰捨得隨我　　　流浪

山城杳杳／淺淺弄雲，拂去那絲絲絮絮賦入平沙
哪年忘了，哪事忘了，哪個人也忘了

蛛絲木門輕響，驚落了墨刻海棠
百年後的舊路，終究是花道零落
誰記得紅塵幾十年，燈潮處　　　月色如故

紅舞

誰的相思橫渡了大漠荒原，不見狼煙迎牧而來
怎是殘霜、冷月相隨風憑，抖落一身輕，滿沙嫌太
靜

誰的夢凝在一方的經緯，千里江陵天地的瞬間
舊歲丹楓已綴滿巷樓，那一年輕舟彎彎曲長
篆香燒盡登高望處／換下幾度春秋幾度夢，昨夜的
雨疏風驟，頻催桃落

溪亭日落為你朝朝暮暮，寒江舟橫為你傾心等待
春色隔岸遠山亦迷濛／你在經線流浪哪條街，飛過
哪片月
院中的桃蕊已開／一眼歲月無窮，誰只為誰而
附庸

去年的花勝醉倒芳蹤，席地紅舞誰能素手合飛
一蕭一舞一經年
我在緯線長蕭曲幽，看盡幾度桃落，幾番相思徹
五色石上經雨又融墨，一響貪歡　　你我皆是客

人去滄瀾／蕭聲盡寒，浮生如一夢，花已謝下一季
的繁華
不許相忘，結一場夢的牽掛，折一桃花再將相思摘
下

相思入墨

月光邂逅在一片袖風星燦上，青絲風凌相思萬里間
花臺染雨青青灩灩，夜涼霧蒼山山盡盡
浮生歲月如往／一湖水、一眸間，任它夏去復立秋

汲點春澂的呢喃，堂燕又銜新泥
香案磨透了風月折年，卻留下了余韻待續
就在那多情的煙波，淡成了迤邐，凝在一片薄翼的
呢喃

蒼云狗狗／歲歲花藻簷下，等那青鯉來時
你我天淡天清，輕挪草色三五入卷漫聊徹夜
飛絮的知風草，縹緲成雲的呼吸　靜靜　依依

花雨臺前無人輕叩，原已蕭蕭數年
一往執著，鎖住了誰？
寂寞的梧桐深幾許／半生風雪只得一人解
徒惹相思落墨，書頁靜靜翻過，我等在故城煙雨樓
外樓

桃花三月

一方荷塘將夏夜遺忘，一路驚蟄到霜降
盡是琉璃心下藏幾朵煙綿　　惹幽夢一簾

我輕踏老城南，油燈近昏黃
一階過門檻／銅鏽門轉二十秋　　滄桑了舊時光

風雨延染了青石老街，青川和暮色燒卻了半流年
三階籬笆牆
縷縷藤蔓攀灰了磚瓦老牆　　葬盡舊時的梅香落

我望盡紅菱紗，裁入舊年的燙金字
五階祈安歲／煙火舞西窗，棹歌已擱淺，半晨半煙
柳　　誰還記得雪時節

春雨烹茶浸白菊／一川風絮十里淮岸，誰能隔花對
重景
你渡遠山等春喚
我遣丹青　　開在桃花三月三

風花雪月

風繾動著雲煙裙帶，如初相見／吹不歇那千秋萬載
雲絮沾滿胭脂色，繞過髮梢紅紗，一生長，重寄過
往
你我皆剪下那一縷相思，希冀流放，銷得這般
蒼涼

花輕搖玉彩粉黛三千，如人間四月／搖不落那窮盡
相引
釀一壺解憂杜康，輕慢斟滿了無常
一載別　十年過
這一道房梁把相思鐫滿風霜，
花蔭橋樓邊　叫我別忘

雪浸染紅塵臨江思長，如舟行遙遙／絨雪吹白我的
眉頭
新雪來，葉落早塵土／前方太渺茫，簷上還掛著流
蘇　　不容相思放肆
那無關風花雪月／不問此去向何處，步履早已無人
回顧

月清空寂弦聲，如初遇呼應／或著雨，夜風吹開幾
圈漣漪
圓月一輪只為你紅妝陪襯，經年的漂浮紅塵，如夏
蟬冬雪不染纖塵

如果緣難由衷，落款輕匆匆
你的輪迴印記落在我的眉宇停留

那風花雪月曾經盼過幾人　　誰愛過……

附註：
杜康：是中國傳說中的人物，相傳善於造酒
何以解憂唯有杜康？魏武帝曹操〈短歌行〉道：
「對酒當歌，人生幾何，譬如朝露，去日苦多。慨
當以慷，憂思難忘，何以解憂？唯有杜康。」

最美是相思

最美的相遇／應是如此的冰壺秋月
是誰打亂了浮生流年／斬斷了清流，划破了星辰

披一身的寂寞，趁著月色檐上翻過
笛聲悠長／一杯盞茶，望不盡白雲深峰，逃不脫前
世的輪迴

是誰在墨落畫卷中跌碎心田／染白了思念卻只留
當年
剪西窗對影成雙，秋月朦，煙花燙，
三千繁華轉瞬度
清商未譜／一弦一念顧，花開又幾度，半紙離愁亦
難書

又是誰在青崖邊倚風吟唱／流雲遮頂，紅梅舖路
冷月遍灑青郊荒蕪，回憶像天演幻境走向朝暮
九黎春風／春華秋實亦不老，只留琴聲空飄渺，究
竟誰能明瞭

最美的華宴／應是妝容無卸的淡然
遙聞春溪聲聲的濤碎，嗅得紅梅初綻的花蕊
回首像一縷縷輕煙拂過／草色入卷嘉月天，歲歲花
藻簷下，雲淡風清

附註：
冰壺：盛水的玉壺，比喻潔白（心如冰清，和明月
一樣潔淨之意）
嘉月：農曆一月

渡行

江水東，月朧一葦低
聽雨風來數幾晚秋夕／耕煙處，雨在江上落紅妝

風凌松濤影流動／邀斜月、聽孤箏，一點墨片為誰
入塵囂
一路山水起航，一乘輕舟隨世荒遠行
忘倦生涯／遣日塵閑，風情亦不老

雨青山依秀，臥水一江紅
簷花露未晞，風露漸沉／木葉瑟深深，西風瀟瀟蓬
飄零
風續一盞相思燈，韶華莫望　　　不禁看
一別　　　幾念深

一霜一雨一寒煙
一個漫天一寄念

誰吹蕭聲過牆圍，一去不回多少年，山水又一幛
半闋舊曲，往昔溯回／風唏噓，花箋寄語　停在千
里之外

煮一杯酒／提壺漂泊，渡那頭葦舟，不懂苦是離愁
開一扇窗／且讓風颯逛時光的紛揚，和你說
別走

惹相思

穿堂巷、過迴廊，經月轉瞬間寒梅飄香
清笛未歇／響過了浮生多年，驚起了西風樓闕，斷
了絲弦卻度了流連

踏黃漠、望冰月，今夕百年一眼望卻
滾滾沙河／千年的誓言輕煙彿過，無月也無星只有
風兒吹著駝鈴響

荷燈放，石板邊，
蘭楫搖來水淋漓，竹節數著千秋去
一季風旖旎相攜／七弦相思如醉，浮生遠，染就一
紙　　朝夕

月華成妝，衣衫輕揚／別後無妄，踏碎這一盛世的煙花

寒梅緋雨蕩著煙波十里紛紛，疏影斜月，荷燈飄搖悠悠笛揚

那一年那一夜弦月微冷／最美是故人，卻美不過那風花雪月的動人

附註：

冰月：指農曆十二月

輕痕

蒲月淘河之畔，灰白之翼化身蒼茫
羽松孤寂的垂喪，細雕那狼藉的歲月

汲一甕況味的相思，
山月虛實的際線，拋出無眠的遊蕩
是誰在清露裡穿越舊夢
霧窗之外，落入無悔的悲喜

花氛的輕塵，宛若一場雪宴的詩心
我的掌心摹印著信諾／你悄然而來，傾度那最美的
歎息！
欲走還留的凝望／掛回河岸的松林，時間的長河，
雋在浮光的掠影
別了一季的夏，三更的煙月　　夜更涼

還記得／隆冬新雪階下落花，骨傘青衣猗猗如畫
身後東籬火祭／唱不盡春秋亭外的風雪，一霎
相思盡

還記得／那千山飛雪的翻騰，凝映在夢的琉璃間
回旋
一粢醒，乾酢酒／在每道的微光裡醉別　　再一曲

一澄空靜的人塵，依傍在月朔朣朧中啟航
微風款款，美的瞬間燃點心的墨衣
泛黃摺痕的蓋印，輕飛在獨數異域的天外，匆匆
一回闌珊

附註：
蒲月：農曆五月
猗猗：一　一，美盛的樣子
粢：卫，穀物的種稱
乾酢酒：不摻水的酒
朣朧：月出初的樣子

墨妝

你　　　靜如一方黑晶
有如欲出的靈犀，喚月幽鏡

塵緣在蕭索／攀附宿夜的墨妝，點畫輕柔的漣漪
吹一簾柔栩的幽夢，你我朝暮在呼吸

月畫屏煙穿滿堂，詩簾山水落竹尖
零零三兩晃離淡墨香，那一字，尋不著端點的線

微淡　　微濃

是那孤飛的顏容，殘存在天邊
我守候那歲月斑駁／橫畫一紙墨淡情濃
別問流年　　　五更霜秋仍未亮

如何迎你　　　著塵飛影蒼穹的墨緣
飛花葉梢別過了盛夏，溪雲初起風華不再言老

紅漆案牘上只留半桂糕／別過了三秋嘆書，用半餘
生等　　　下一秒
悄然跟你說：只有你駐足的痕跡，才是迴盪在心最
美的　　　極緻

輯二 最美遇見

我心似古老的詩域，靜止在那一片潺潺的流水

逆著盤古的風，奔騰那飛躍的緣分

柔柔地

悄悄地……

塵雨輕紗

樓城月／幾家燈隱經雨風，流雲棹上紗露濃
老城西南叢葉彎，雨紗瀰漫，攀灰了青石舊階
那一天　　搖動在東森山林間，心藏　　煙雨裡

空林雨／牡丹落以冬
小院桂花濃，花下從容歲白霜
山外放思念漂流，
誰家的心弦委婉，枕上了夢裡悠悠

這一天　　嘉月的輕紗扶搖而上，卻羨書上一菁蔓
方知　　相思別是一番

無人陌／山澤靜謐，天風渡我無邊的疏朗，明日何
似來說
Black coffee一番烈色入喉，百餘里，夢迴繁花開起
這一刻　書一箱，豆半量，今人都愛這風月的苦果

提詩序／一行書下幾許，
且聽這一塵雨，蘸一硯的空寂
輕笑歲月／初冬沆碭間，逐芳華　　不敢老

我翻過萬卷書文，卻在俗世裡擾忙
你行過萬里長征，卻在山墨雲渙中　　月白風朗

當微雨別過山色皆來相就，一念執著　　為你絕塵
不問去與從
不聞喜與悲
借清茶入夢／一月復泠泠，引你百餘里　　說不盡
那棠紅作記

附註：
東森山林：在臺灣北部的會館
嘉月：指農曆一月
沆碭：白氣瀰漫的樣子（碭，讀音ㄉㄤˋ）

畫情

青瓦白牆高／松間無人，忘倦風漫已延燒
江側螢滿流火
拾野色，兩三縷煙逐桂香，只尋一方

轉山百里長／寒風越淵澤，雲水蒼茫　　溯回那年
的流光
山海呼嘯，苦行幾世風霜　　如千秋一夢

空山寂，芷風輕
我曾知曉你匍匐於荒漠，登峻嶺奇峰
那空靈的呼喊，顫抖的靈魂淬心如初
不曾相見的你，一見如故

今生有幸與你相遇，俯仰看你千堆雪浪，命運跌宕
我將逐盡流光高照迴廊，守一隅相思　　別是一番

走河千里遠／一世流浪忘川彼岸途，橫過萬里沙，
Bansuri吹過誰的家

雲山疏，途徑難／我亦知曉你夜踏霜覆路，寒足舐
腐欲訴無處

今生有幸與你相遇，世間雨紛紛，歲華漫漫你將停
否？
但願細雨羅街深，傾耳聽一夜萬沙出雲
一花一世界

附註：
Bansuri：班舒李笛，印度的一種樂器，非常感性、細
緻的樂器，表現仁慈優雅氣氛以及神的恩典，同時
也是印度最古老的樂器之一，具有宗教文化的意涵

夢渡

捧一池Hooghly River逐飛花一季，搖落在誰的夢裡？
彼時吟誦Sankirtans／河舟孤影十里浮浪，一屏瘦峰哭
斜那白芒人煙

黃褐泛泛／照遠山，作綠水白牆，自河居，平沙終
夢一場
河圖雖闊，心無所泊，明月何似來說／夕起，眉下
心頭　　一別萬里斑駁

茫茫水澤／月斜辰光依昏曉，一身流離西風掃
那河階的茶棚豆蔻依然香
那河階的茶棚奶茶依然濃
誰畫了濕婆靈迦／墨一世硯未收，那不絕的再生力
量　　等誰再研

浮夢一顧不羨明月與千秋
雲深處，西塔泠泠琴聲隔河風聲舊
一夜風疏雨驟，歸時長路無人候／是跌碎塵埃的靈
魂，在天涯永夜處藏身

風中一回眸／數個春秋，拾得葉落，流過長徑的白
藍黑深
誰在人間兀自流浪／流光逐，清波無痕，悲西風催
襯
不問歸期　　長河中只追溯自己

附註：
Hooghly River：胡格利河，位於印度，是恆河下游的
一條分支，長約260千米，它在Baharampur市附近從恆
河分岔
Sankirtans：桑科爾坦，就是一種瑜伽，或是心靈訓練
的方式，需要全神貫注在思想和聲音的種子中
西塔琴：又譯西榙琴、錫塔爾琴、錫塔琴，是印度
一種長頸詩琴，形似塞塔爾，常用在印度古典音樂
中，是北印度最具代表性的印度古典樂器

心海的驛站

輕風拂過窗櫺外的荊芥，漫溯初秋的風采
你眸明清亮，敬賢禮士，以一種姿態縈漫人間夢緣

「背燈和月就花陰，已是十年蹤跡十年心。」
記憶的醇酒／醞釀成漫天香氣，徐開煙孃的夢緣

故事的年輪／從愛新覺羅說起……

你說：我似女蘿／夢裡雲長，浸潤醉心，餘我縈迴
我說：你似麥浪的起伏／一重重翻飛旋舞，尋不著
卻不荒蕪

似曾相識的曾經／微光篩透窗櫺，雲山千里的翦影
依稀
歎世間愛新誰子／不輕庸弱，也不負才傲物，流轉
了千年長白

深秋肅殺一股悲涼，西薄崦嵫泅渡無依

那年，你潮來潮往回尋那夢田驛站，輕掠心絮沉靜
因緣遇合的心靈畫幕瞬間翻騰，像不朽之歌　悠揚

那盈盈的思念初醒，凝在眸底的煙塵　絮了
涯岸心舟／奇遇的故事，美麗的遇，弦成思慕如絮
雋美
時光，凝望在遙遠的揚塵，愛新之裔朗麗在千古不
散的盛隆

你在那頭／幽曳著夢的扉頁，一席如昨的海闊
我在這頭／為一寸心掬起了激灩，為一別而嘆息！

附註：

荊芥：異類的草木，氣質異樣，特立獨行

背燈和月就花陰，已是十年蹤跡十年心：出自〈虞美人〉詞段

愛新覺羅氏：是清朝國姓。「愛新」是滿語族名「金」的意思，「覺羅」為姓氏，是以努爾哈赤祖先最初居住的地方「覺羅」（今黑龍江省依蘭一帶）為姓氏

女菀：中藥名，這裡比喻任性小美人

一葦耕煙

江水東，風逐波起／聽山雨一弦纏綿，一弦霜
耕煙處／留白點墨，扶稻攬月，西風又回首

簷花露霜，隱硝煙探／聽泉臺，誰將年華來偷換
你猶一場夢，捧三千的寂靜，看飛花如舊
鳶尾輕搖不須別／這回眸，看見歲月的倥傯

靡靡煙水一荷風
對影花點指上雲，誰將相思寄東軒
兩三縷煙渡月舟，繁花不曾閑，只與一人言

枕石涼
風漫招延山海一乘煙，釋我流浪，隨人世荒
你猶輕煙過客，划天地開闊一抹縹色，夢一場
不相忘

煙雨化作十里炊煙／一曲完嘆如韻，一如你的委婉
誰的姻緣暈散了情節，這斑駁的一頁落塵在墨色
耕煙處

輕塵

雨露紛花的樓臺／昕夕蟄伏在蒼穹無盡的輕塵
你似雲的宿緣，親臨於花宴的詩心，越過夢的疆域
來到我心

流光過隙／一束愛的光痕飄飛在嵐煙裡，只有虛幻
一點
悠華歲月，無能跨越的距離悄悄地爬上心靈

韻一寸麗光，醉了幾回情弦
離一循環分，豈能一柱相思

我縈漫這濃郁的思緒／看似近忽是遠，一滴一滴的
浮沉
那年，你撐著華蓋在人塵裡放慢腳步，一翦空淨

夜闌人靜／吟風弄月奔入層層疊疊的迷惘
美麗的邂逅點亮黑幕星辰，
揉開心門掀起生命的插曲

多爾袞之裔／輕逸織夢在人塵裡，不能忘　　更不
能記猶
天地若有情，輕揚剎那的塵念，餘情有我

附註：
昕夕：早晚。引申指整天（昕，讀音ㄒㄧㄣ，日將
出的時候）
離一循環：指相差十二年以上
華蓋：帝王或貴族座車上的綢傘。此處指涼傘

愛在煙雲琴聲長

午後的窗櫺，在眉睫間羽繪思念流瞬
著一煙雨靜候天光雲破，聆二五箜篌彈盡千帆那弦
聚守的信約，膠著在雲幕那端淺淺、憚憚

虹彩沒入了妝容，悄喚初春的枝椏
潑墨千柔的風信，我倆影兒羞怯，沐著百花心香
合律的醉戀
酣臥在浪漫的心朵，愛騰在緋色的彩羽

雎鳩雝雝水岸長日
你在那岸／閉落疏窗，悸動的心飄流許諾
我在這岸／相思翻湧，咫尺情緣陡覺霄壤
情懸在灰濛的方幕，迷離的夜沒入殘毫，銜風獨
奏，怎捨得這般相思

風摟一縷風情／羽擬忘我，靜美衷情
子惠思我／勿忘那回環的深曲，掠過河洲，盼暖陽
東抑不落

一場繾綣愛戀緣磨了九萬里，滿人懷柔依舊，那一
場風月的邂逅

那年，韻漾的風信雲飄簷後，參差荇菜蒹葭蒼蒼
逶曳幽夢的扉頁，短暫的幸福默允了完美的註腳

附註：
箜篌：古代的一種撥弦的樂器，名稱來自古代西域
的譯名。最少五根弦，最多二十五根弦，分為臥箜
篌、豎箜篌、鳳首箜篌三種型制
憚憚：憂惶的樣子
睢鳩：水鳥（睢，讀音ㄐㄩ）
雝雝：ㄩㄥ　ㄩㄥ，和諧的樣子。此處指鳥聲和鳴
陡覺：頓時覺得
霄壤：天與地。這裡指相去絕遠
滿人：多爾袞滿州人。這裡指多爾袞的現代後裔
荇菜：《詩經》裡有名的植物。譬喻與剛開始的愛
情捉摸不定
蒹葭：《詩經》裡有名的植物。譬喻與後來的相思
有關

葭月茶

初冬素雪
平湖漣起眉梢的寒意，一任階雪山河藏袖
細雪漫過枝椏，葉　飄葉　飄葉落，
空餘枝一抹白無暇

烹一壺茶與人世休寧，飲一缽不凋的風雪　　紅梅
知了
恰應和霜雪萬姿／今回首兩三交落，四五添駁
浮生一把握

銅環綠扣敲醒了青春色／一茶飲，一敘墨，不須言
多那老句已成冊
誰用綠芽映出眼角的雨煙，把陳舊碎片婉轉躍然於
墨上

你說　茶香繚繞浮遠望，人間澄雨亦淡煙
我說　平湖風月難名狀，泊於岸邊那春光

一如相見
恍若不忘
最尋常應是，烹茶觀月落，席草而坐，等一季綠葉
新醅　　　無恙無憂

附註：
葭月：農曆十一月
席草：燈心草科，有許多種類的稈可供編席用，古
稱藺

故時情

葭月彷若行雲墨裡，古舊人間寒過誰的家
清風弄花架，誰把相思堪折花／千山日暮，你在洛
城讓煙長為誰等？

一程萬里勾勒一紙流年
是誰在心上撰下那幾折對和
四重小煙暈開了兩朵墨花／我將描下你臉上的青髯
將星摘下

若我是一縷輕煙，你可願隨霓彩將我沒在掌上到
地老天荒

清風菀月與你朝夕如舊，情不敢白首，心不肯遠走
緘默來世今生為我留／更明月，遠山青，十二歲次
依舊　　燈火冷

今聚無端花開相思長，明月依舊守萬千芸芸
何時重相見
你這一語　一眸　一影磨透了千張紙

寄一念人
藏一世情
幸逢與你風月紅塵，怎敢煙散　　那墨下的一雙

附註：
葭月：農曆十一月

流歲

當流雨別過了冬陽，歲月篩過雪上的葉梢
天色淡／十里蒼苔歷階晚，借流光的逍遙　　年歲
輕饒

念及初遇／九重山嵐尋不見，烹茶浮新葉，星島八
回又擦肩
微雨小橋念又年／折梅煮雪七又返，水漣斜如煙
六盞燈微茫

偷五彩韶光，攜四季風露／今聚來時年歲漸暖，明
散歸去何處青山
花開相思長，枕上三二夢悠悠，春秋幾番轉　　褪
了誰的一身雪涼

流年歲月驚了紅顏，誰的眼眸泛起星光點點
你的輪廓如何勾勒？
柔情消磨了顏色，而我們依舊是過眼成了　　煙沒

附註：
星島：新加坡

情長若只留一半

紋好了每道眉間心，墨色渲染流金沙河
懸一輪碎月，烹一壺醇醪／捲起千堆飛雪，顧落在
夕照門樓外

不見高軒，此情為誰？
流霞垂天如嵐／初雨，一夜落紅

拾掇那嬌羞的年華／情長若只留一半，念你，念我
又念忘
韶華之弦，醉心夜風／一匣盛過思念兩字
輕問？　　那被遺忘的諾言
醉人的花燄輕飛，留我在風中　　一句失落的對白

煙花一瞬終化塵
情長若只留一半，無我，無你又無心
最後的華宴，落下的妝容灰飛煙滅
一場戲，百餘年／何人還記得命運的鎖結，那多年
的悸動

愛情的纏綿醺醉心房，一份迷離的情事惶惑一剎
不完美的拼卻，輕叩在時光的掠影　景深而環飛

附註：
醇醪：指濃厚的酒（醪，讀音ㄌㄠˊ）

尋

禾古東籬下，青簷瓦上霜，畫不出江洋日昃的景色
如何挽留旻天的神韻，又將如何潑墨

文案前的哪個詩人也曾過穿越，書簡上平仄也留白
我佇候在清朝的烏衣巷末
聽那微風動袿飛舞飄搖，恍若千年
陌上繁華如一闋詩詞，西窗半落青山外，石階也會
寂寞

無聲的紙傘看不見飄零背影，以為煙雨能為情而留
遠山雲悠悠，江水向東流／一盞燭火揮墨來鋪陳，
那荒顏的墨色

愛新覺羅氏的樓臺弦歌拂落
那一片煙波淡成了迤邐
拾一段柔光，拈一縷輕風淺淺作序／誰能為我換
角，為我輕輕的蘸墨

江洋隔了千年的經緯，遠航穿越了空港將寂寞豢養
你的天堂一身落拓，照著淌不過的江河，文墨只兩
行

尋不到今生的這段緣，消失在江洋的另一面
寒風映雪後／昊天恣意裁，等候流光再為韶華繫個
結

附註：
日昃：太陽西斜（昃，讀音ㄗㄜˋ）
昊天：秋天（昊，讀音ㄇㄧㄣˊ）
袿：ㄍㄨㄟ，古時婦女所穿的上等長袍。此處指微
風吹動那華麗衣服之意

輯三 若陽若雨

楓染那搖睡中的　印記

我乘著你將來的方舟

一縷煙花三月冷

念及初相見／微雨小橋邊，十里長街迴廊尋不見
暮春亭上／一色風簾兩相念，三生不負四雲間，這
輪明月　　照我何年？

明月如初見／燈花如昔年，青燈黃卷芊芊影
鶯吟淺說／五更披月載酒歌，六簷花下生枝椏，滅
了煙花，半生天涯
吟不盡枕上思念，這輪涼月　　落過誰家？

煙雨扶疏誰能與共／萬古蕭蕭陽關雪，往事涼酒燙
七世情同歸，望雪亦蒼茫
八方天之巔，問天、問道，天不語
九轉經輪扶桑一夢又幾重，如風煙如畫，十年風月
十年心

一縷煙花三月冷，雲雨纏綿，水繾綣
看風月陌路已三千，跌入三生一場夢
花燈戲，月缺月又圓
賒予無邊風月，相思化做三月煙花三千雪……

附註：
暮春：農曆三月

清弄

雲海齊，青岩吟露／幕未束，銀臨季夏的燈與火
閑亭樹／掛滿星天漣漪，塵緣似一場流螢
燦若繁星，眉宇寧靜，握住指尖的瞬息　　拾你

一尺紗，半掩琉璃光
臨風當問酒，想說　　　不能忘
清風徐來，風露更婆娑／掬水碎月，等風靜清雨後
深知帷晚

煮酒對玉鉤／千默的煙波汪洋單望，Ko Samet同我真
心
若相惜，點亮海面一個圓
鳴笛聲悠悠／月斜海灣上，那劃不完的弧線
美在我心

這年荷月風絮中／花燈戲，星月掛
一顆石濺起漣漪波光，誰的掌紋識得滄桑與清嘯
心若在天涯，可念不可說……　　　清風替我畫
眉妝

附註：
Ko Samet：泰國的沙美島
荷月：農曆六月

畫心

拂過風雪，畫盡綠瓦高臺與紅顏
誰在環海間流轉忘年／風不言，吹皺多少華年，淡
了明月，海水依舊藍
我且悠悠輕和／歲月如磨平的碑誌，鑴滿了緣字訣

眺望座標12.577882，100.949692 Ko Samet
月色暖，相思成一盞／輕紗幽幽陳蕭，吹落紅塵煙
波，回繞著十里平洋
我且悠悠輕捲／摺疊了八十季如夢一場，往事涼，
聽風動　　　幾時深

月出雲袖風搖落，御風踏浪而來／淌去五彩的衣
裳，你的手如此溫暖
一遇相知，不盡回眸／捻月、摘星，一顆兩顆拂過
我們的夢，不說　　　你懂

白沙舟漾／海潮送別，輕吟《迴》曲
那天荒地不老，相信遇到　　是那唯一的記號

千裡煙波，隴山煙朦／今朝和誰共踏沙灘，伴行濤
鳴月出聽風　　輕放
我且悠悠的畫心／一川風絮，尋你開在六月的幽夢
裡　　　等喚

附註：
Ko Samet：泰國的沙美島
《迴》：李恕權的專輯

半抹墨

清風朝暮如懷尺壁，白雨庭前陽關雪美
何處借丹青墨筆，繪我生平，
在淵岳傾頹間留下餘韻　　待續

一椽屋、兩三碧柳毿毿
綠柳煙波媚了三分春色／相思落墨，一紙桃花箋幾筆又情長

十重湖光山色，悠悠誰的陌客
那荒板的墨跡／一段弦歌、一場離合，採得枝頭雪

一別盡念深

月光輕梳烏髮／染了白霜，隔了天涯
雨打在青瓦上，依偎數著早春的枝椏
紅牆之外／誰與我墨間輾轉，人生一程歸路
總向晚

笛聲聲聲慢，我亦棲身于筆端，莞爾間把盞問月

巷陌塵埃／舊事風雨，殘瓦深臺半生的消磨　　輕
絮滿衣衫
荒野的風／吹開了塵與沙　　　無能落墨　　無聲
回答……

附註：
毿毿：這裡是形容枝條細長下垂貌（毿，讀音ㄙ
ㄢ）

花落長風

白藏炊煙依舊／印染嵐山崚嶒，風不止，簾追雲卷
挽起一袖雲，捲起半邊紗
石綠天長，羽絮花牽藤　　　風又起

飲一缽不凋的初雪，薤香已落半心弦
輕　不輕，緣起亦緣別
是月流光戀久三生路，花落長風盈滿袖
誰記風華　　誰記愁

花在風中喧啞／結一縷相思，剪年華慢走　　觀花
漫至千秋
夢外然一諾，圈盡誰心間／雨花石落，濛了誰的
眼，丹青　　無心一點染

一青窈一軒明月，三秋桂十重小煙
簷下露雨傾灑等誰歸／花開又花謝，攬不住的風月
那無聲的輪迴

附註：

白藏：秋季

峻嶒：ㄌㄥˊ　ㄘㄥˊ，山勢高峻重疊

薤：ㄒㄧㄝˋ，植物名（蕗蕎），百合科蔥屬，多
年生草本植物。葉細長似韭，中空，自地下鱗莖叢
生。花紫色，傘形花序。鱗莖及嫩葉可食。秋季開
花

雨間戲

樓西麗月，時雨長街／南陌江籬草木毓，攏一袖芬
芳　　畫屏香
河圖越揚長風／征幾世的混沌，爭塵裡的回眸
清茶半盞，醇醪一罈，二月的飛雪　　怎當西樓

十年如紙一夢／天東若有木，誰納我入閣樓間典藏
三千一語九歌一夢，畫得清風在，畫不得夢裡藏
十里翠煙波／兩三筆落，曾在何人心上，在半傾間
劃過

十年的清風月冷／檀香拂過一池青花
風月花鳥一笑最淒涼
若清風能醉必候雨來成眠／是宿雨夜冷，碎一池的
空影　　等月待滿
情愫只一半／如若等，低聲問　　十年怎參透

雲煙若紗，白鴉兩三點
一池花如雨，山間臥，留白點紅
亭上的茶漫著霧，流雲換，洗去千華
迷了誰的眼神／空把這塵緣踏下，雨間戲
兩兩相忘

附註：
麗月：農曆二月
醇醪：濃厚的酒（醪，讀音ㄌㄠˊ）

紅牆那事

東陽染就一季的旖旎，靈犀悄然相許
紅牆之上／相思如酒飛袖入夢，煙火人間半似如夢
一念離，一念留
隔水望，寂寞也蕭索，那一夜芊芊已漠然

南風一舞昨夜的夢，城頭的燈依然高懸
紅牆之內／踏落黃花望梓桑，風吹雪落掛心上
芙蓉帳，桂花釀，尋不見葭月蒼蒼，霧靄已茫茫

西夕孤繪了掌心的紋，抵過歲月，將春秋封緘
紅牆之下／沒入了半疊墨痕，紅臘依舊一隅凝固
眉間緣，東籬故
簷下雨水紛紛，何須霜勁相忘，那一步步的宿命羈
絆

北雪汲回浮生遠，大寒山，彤雲出岫
紅牆之外／勾勒盡是你我的呼吸，
清露漣漪愛已泛起
穿舊巷，過衡門
衣袖遺落在月白的露光，掀翻過往，眷戀贏不回一
紙朝夕

附註：
葭月：農曆十一月
衡門：以橫木為門，比喻簡陋的建築物

紅顏

梨花棠前　　惹滿紅
一紙書　　紅塵掠過

最初的相遇
如墨紙上的斑駁

一樽酹舊年
三兩檐花落滿階／藏幾朵初蕊，謝歲次的暮雪

人生幾何時？
望以春秋間／別以塵埃妝點，只剪東風來流轉

附註：
酹：ㄌㄟˋ，以酒灑地而祭

若染

沿你眉心一抹清染／楊花煙巷，行人後韶光消瘦
漫天花雨暖暖一席／沐四季香逸，搗一脈相思
輕啟

我尋上西樓／讓飛雪初晴，盡染了林霜
彩衣花間戲，屏山月淡涼／那清江社雨綿綿已滿
宵，眷戀如此長

今年花開早／千白繞，透著初陽將相思飲嘗
一片獨染，淨瀝了月色／一彎眉心，將萬千看輕
且聽　　弦上音
曾無忌而行，怕流年　　　知曉

流光往／撚相思聽雨而上，一縷衣袂揚秋霜
誰浸染了面紗／揉捻心朵的瓣蕊，漣漪出塵的至
美，輕輕地　　典藏

浮生繪

梅花落千山，風沙吹年華
我栖踪煙霞追尋葉落零星的風影

聽風無涯炊煙十里，凌風拂過浮生縹緲
借一縷春秋月色如洗，染一襲的相思曲終無題

緣生淡、情深淺
謝歲月拈了白頭的滄桑，讓荒漠投盡了百川
東風隨蒲草飄做浮華的夢，問　　風兒何時歸？

倘若懂松的沉默，千丘與壑長留住蕭索
遠去的昨日，徒留那早鶯的聲囀，留一頁的　拾念

倘若懂梅的雅禪，一塵埃落，往事無痕
不染纖塵／拂去多少雲灰濤生，花開何處　最深幽

十年前百年後，沙洲悠悠相思扣別
落花絮、滿庭語
一行書下幾許，丹青潑墨的浮生印記

觀這一夜梅落，留一聲的嘆息
緣生、緣盡凋落在繁華與枯萎，此生最美的風景

荒卷

是前世的戲碼暈染了今世的荒拓
渡頭掛上了弦月
蘆葦風不停歇，一行流星溜過眼眸
交錯的剎那，卻輸給回眸的　　一望

我一夜輾轉，你將在何處？
一邊一草木，一歲又一枯
我掬一本蒼茫／斷了東渡，卻留了一頁孤獨

我一曲情長，你扣弦何曲？
一沁一念望，一傾又長佇
我一念坐忘塵／流雲繾綣，卻沉了心頭的慌

誰傾落流雲下的萬物，書簡泛黃浸透了哀傷的青史
誰還會在遺憾繪下獨影的容顏，一場荊棘，荒拓了
殘卷

梨花不勝春枝開／一句清愁，牽引著懸念
卷卷飄藤而過的蒼涼，
張張落荒了那一毫一序的章紋
我一頁荒卷，拓印了最末的纖柔　　無垠的嘆息！

煙巷

一覽亭／嶺上雪檐下，半橫霧上稀，恰是初冬將柴
扉輕叩
長亭一曲奏開了青墨，在誰的塵囂中　　　喚醒你

微雨輕落／看岸邊哪巷紅燭高起，繪入昔年的閑涼
泠泠雨聲／水霧瀰漫，遮一襲墨色幽巷，落影留不
住　　最忘情

風隨你，重尋那一生的瘋狂
借一煙巷，隨世荒歲斟與我相逢

拂一身的新雪，收三更的疏雨
長巷冷寞，西窗為你獨留，不問深巷一隅　　藏過
誰名

忘了霜雪漼澹雲山遙遙，你在長巷口，說著三月煙
花一場邂逅

瓵澤入骨幾寸／一滴塵露濤震了三生壺裡，
年年醉　　生生謝

附註：
漼澹：ㄘㄨㄟˇ　ㄧ，也作「灌澄」。霜雪之白的樣
子
瓵澤：ㄌㄧㄥˊ　ㄅㄨㄛˊ，檐下的冰條

塵花

秋深碧落紛紛，
梵音入耳／風起那燈滅驀然地那一眼
是初相見／你提筆繪影，千載榮枯換一世的守望，
一夢天荒

沉睡的眸，望不盡窗外亭榭幾層雪
衡宇相望蜿蜒十里，記憶模糊相思
那澎湃的潮汐驚擾夕月，落紅了半生渲染，復刻誰
的容顏

誰惹了炊煙離庭，歸人也比肩
別了經年的信箋
放縱那堆疊的眷戀，這又是誰的從前

誰的笑靨陪襯燈月交映，
在那心間不負彼此間的流連
披素袍，今年花開早
飲醀釀推窗攬月牙，研磨半生蒼茫／天微霜，漠上
無春草

山下的一天摹上了遇見，臨繪了離別，堆疊成完整
的瞬間
靈島花開的水邊／相見時情淺未擾，相思幾度消，
今夕是何朝

獨坐寺外閣樓
江畔晚風漁火如豆，聽雨輕放隨風漂流
是無相見／不解之緣鑄我眉眼，一聲聲鵑音切切，
將我尋到
碎月塵花的一夕一朝
你在

附註：
衡宇相望：形容居室相連
醽醁：ㄌㄧㄥˊ　ㄌㄨˋ，古代的一種美酒，是一
種當今很罕見的綠酒

銀臨煙羅

山林初靜，銀海娉婷／月芽撥亮燭花，新綠爬上籬
那年竹春城草出畫／忘川的漣漪，隨我心　　知否

山河落英一番風雨涼／瑤階玉樹，千秋亦不老
看煙塵雲都外的細雨，不再逡巡月影的撩動，浮
生，一方為誰空負流光
一衫衿　　一枕華胥入夢
二月天三日歌，何方是初見　　又何妨再眺望

年拾流沙，飛雨也溟溟
屋上相戲，不問風雨草木倦
誰家的春秋安瀾，流螢入畫／閑庭閣，風香塵惹
一霎清明深帷／半城煙沙在山水之間，吹散了華
年，銀臨下　　不說

遠處的潮聲漸罷／遺忘了曾經藏著幾番冬夏
半醒間洄洑流淌，喚醒了十里汪洋，輪迴還握緊於
心　　那不褪的朱砂

附註：
竹春：八月
洄洑：水盤旋的樣子

熾美的緣起

一幕勾欄紅眶了眼，書几上橫划了愁思
墨筆憑添了幾分，我在歲酬裡烙下了虔誠，
相思心朵
開卷羽思／夜溶於月光的復舊，
又有誰回答我的輕問？

曉風未起／雲絮寄情的跫音幽幽燦開
不曾輕側畔呢，不曾三生與共，纖指紅塵，戀棧多
少寂寞
一初雨，一夜紅，攏起煙漫織就的迷離，別問我紅
塵何時老

雲羽夢田的芥子花，綺麗流盼浪漫的方向
你指尖牽起我的髮線，我心凝映如琉璃
輕搖詩畫／悸動如回眸的雲煙，風縷迴舞在蹉跎，
子不思我

不能忘卻，漾在月光前的深情
不應辜負，無關風月只是那長約等待

一筆執默歲月的思纏，一紙纏綿心箋的傾注

緣／漫在過往，一滴一滴韻成漫天的香氣　　封釀
戲本無言拋盡一段柔美的絮語，剩誰同你看，瓦肆
的揭曉與序幕

附註：
勾欄：古代戲院的稱謂
芥子花：一種高山的小花，它的花語寓意著小幸
福。少女情懷總是詩，她經不起漫不經心的對待
瓦肆：也作「瓦市」，又名瓦舍、瓦子，是大城市
娛樂場所集中地，也是宋元戲曲在城市中的主要表
演場所，相當於現今的戲院

優伶

三月的櫻花城，白鬢庭花紅
她像絮揚的風，漾情廝磨
似柔水，乘願在夢的夕驛

開元別後一季春／一齣戲　　投映在煙花柳絮間
你與我都在筆間延續，骨傘青衣下　　誰還記
青倌纏頭碧／青梅幾時華，簾外飛花　　心尖一點
朱砂

清明霏霖階下塵花／聽一曲　　錦瑟空弦三千塵
你與我都成陌路相立，青石板街下　　誰能記
海棠又一曲／青梅幾時有，聽雨聲數點　　似風過
梨園

迴廊九曲綿延
一折、一平陽，數盡天下人間　　　明滅
青衣腔，遊園牡丹亭
一聲喚、兩面照，聲聲踏鼓點
一場故人終場戲，藤雨絲巷空凝望
回眸
戲臺上　　你依舊　　我依舊，消逝在戲棚的鑼鼓喧聲

水鄉胭脂多一分嬌豔
你在春水中洗滌，櫻花落在遠山的眉黛
我在舟楫的渡口，藏著這一束交纏的漣漪　　　過了
初冬又春曉

輯四 碎月塵花

誰能給予最澄澈的靈魂　織下無盡的結界

用生命的熱情——冷眼　笑看紅塵

千年緣

一汪洋　將緣分承襲兩岸流觴
一曲笙　屈曲纏作千年的長嘆

誰唱斷了錦繡絲弦，驚醒西風彈斧展
廣陵春深冬盡時，朝暮晨昏的流光又拋錯幾分
路千里　朔風吹襟裳，長風雨　一夜落秋意
山的那頭／將青絲換一生青燈兩相隨

多少人靜默觀臺，萬古人間世事清瘦
多少人提燈相伴，隔十年東風依舊臨窗，
元笙簫滿樓

何生枷鎖／一天復一天花開又花落
浮生紅塵／匆匆流年物是人非，嶔崟依舊在，天涯
已絕塵

風沙淹沒參商永隔淚痕／你的執念轉瞬雲散，江河
已隨我逝去
照故里／帶半世的記憶為你指向彩虹

別在做序，殘垣難成一墨文
待我回憶，山川小鎮如譜過你的音律
借一秋風的涼意，你我在山的這頭　　百年會相聚

附註：
斧扆：門牖間的屏風（扆，讀音一ˇ）
歘崟：山勢高峻聳立（崟，讀音一ㄣˊ）

天不老相隨

一盞琉璃燈，明媚十方春冬／遙望兩蒼穹，歲歲不
老，幸得以相逢
忘卻何年窗外亭榭幾層雪，千百螢火擾明月，歲月
卻交織了前緣

卸去人間妝紅，誰能陪襯誰的笑靨
千萬遍的祈願相逢／沉睡的青苔滿階，那一瞬間燈
火明滅了歲月

一別經年闖入了歸燈長明山院，舊事層疊的情節永
不負彼此的流年
萬里情路應許著情紋和弦／深摯的音籟歸心拳拳
滌盡三千俗慮／那時花開東月空懸，我閉上眼，彷
彿初見

經年的愛一如當年，青絲成灰越過千山萬水
風不言拂過多少華年／簷露未乾斷了又續，莫回
望，坯土不禁看

煙雨天相隨／傘下說一生緣，望了兩岸情
你點燃一盞燭火，我引你一路的燈明
人生太短，一瞬卻太長，那些餘溫遺落在地球的墳
墓裡殘存

天若有情

立於花雨浮畔的蒼然，冷炙擺引著泊洋的酣夢
一抹幽思／暗漫於星外的秋瑟，淪陷於無助的邊涯

那一瞬環環相繼的情絮煙波，來去是留或是走，泅
游於汪洋深處

是誰在天邊裡放歌？低迴輕吟
月映柔緩了來生的棉紙，黑幕背棄了今生的明月
天若有情天亦老
淡墨一絲煙嵐，牽纏在千里之外間

一生伶俜三十年世事徒留
沉甕的浮塵在蕭索，青石板路的景深在荒漠
苔蔭輪痕的過客堆垛在淒美慢火裡　　孤獨
天若有情繁花盡
落我眉宇紅塵間，繪你丹青一世情

緘默的記憶喚渡赤裸的靈魂
一字語，一隱疼，捱上了煙濛
一椽小屋三徑荒草／繫不住心，離不了念
天若有情何處去／穆穆鍾靈，霜露寒墜，幾度逢春
幾度秋

附註：
伶俜：伶仃飄泊

牽戲

芙蕖鎮蒲月雨紛紛，椿萱的舊居慶雲增媚
七重紗衣纏過紅線的牽引，一茶飲一點朱砂，響破
這盛世煙花

三尺紅臺萬事入歌吟
蘭花指捻紅塵，願誰記得最美的年歲
一說感感白髮垂，我會用一生暖你一千歲

風雪白雨若煙波成灰
猶記黑髮白裳衣袖藏，銅木古琴聲悠揚

燈火葳蕤／月斜河岸上棹動晨鐘，你像日精的孤
雁，游弋在白雲間
數不完的扉頁，划不完的和弦
屋簷上冒著煙，簷下成雙影
浮生未歇，流雲萬千／拾一段柔軟的光芒，留花瓣
獨落窗欄

這一世奈何蒼涼，我潛入回憶的汪洋
下一世你若輕叩，我再將這煙花綻放，拂去你一路
而來的半生風雪

附註：
蒲月：農曆五月
椿萱：父母的代稱（父為椿庭，母為萱堂，因椿樹
有壽考之稱，萱草可使人忘憂）
白雨：雨如白珠。形容雨勢很大
葳：ㄖㄨㄟˊ，和「蕤」並用

四十一年爐

寂寞花燈巷／指隙淡金的微光漏藏了月色星輝
閒座花廊間／淺笑逝春光，酌一縷淡風，相和一闋
〈江城子〉

風中聲琅琅／墨耘今生的福禍，
將流年的沉疴細緻雕琢
一生滄浪浮沉在眉間溝壑，
你我的掌紋銜接了四十一年載
彷彿是承諾，將這是非因果葬了古墓　　一路深往

夕陽雪髮如夢似幻，百年韶華藏盡了悲歡
遙遙天痕／烏髮玉鬢琴音亦悠長，一曲痴狂月落已
蒼茫
浩宇蒼穹因誰而變，或把塵與葉將記憶翻轉
音聲斷／伊人獨梳妝，誰能落寞　　走過碑前去改
寫千古的流轉

不見咫尺丹青，水與墨溶成紙上的斑駁
異鄉異客，踏進煙塵窮途跋涉，無能收筆的形意留
在陰陽交錯

一卷飄零，一曲絕行終了
一生取捨命途交錯，抉擇那剎那間的靜默，天邊行
雲太薄，因緣亦太涼

附註：
〈江城子〉：詞牌名，作者蘇軾

玄觴

紅塵隱　　霜降後碾入半江墨
無法重拾的心情，劃破垂袖旁的那朵淨荷，月朦露
更深

紅燈落　　燭盡後凝在卷角的那一折
薄題重回二三字，換一晌堂鼓一晌夢，長調短嘆問
銅顏
遠道白露化作天上星，渡半盞搖燈，脈脈淌過世事
浮沉

如戲人生／渡不盡的揚塵，葬落千帆汪洋
千里雨蕩著十里煙波，最美不過是在夢裡重逢
話說三分痛卻十分，牽掛飛落誰的墨
六十餘歲辰光／在風入盞中苦嘆又輕晃，留一襲荷
香，染我衣袂風華

為你沏一壺懷念，在你天邊的那一端
是我輕愁遺落了天荒，幽邃成迎佛的禪
且歌且行且銘記／日後那山高水長，只聽聞故里暮
商間，雪雨響過夢幾更

附註：
暮商：即暮秋，農曆九月

若水忠縣

那茶馬古道的煙塵／拂過了江，越過了山野，徘徊
在三坊七巷間
深巷故居斑駁高牆上，訴說那一生　　那一塵緣

聽江歇／昔時岸邊輕舟泛歌，沉魚躍　聽水無言
誰在那長江邊，推開了銅環門
無可追溯三月的春／回眸那一眼，似水度長眠

舀一壺月光，瀉一地的悲涼
我把思念寄給故居
十里徘徊在煙雨後，心事卻不走

那縣曾是清風阡陌／覽百域山河
閱無盡的江水澐澐，紫陌之上飄落了三千花雨
荒草淺淺，寒鴉嘶鳴
宿命在烽煙裡，洗落這一世　　這一浮萍　　沉浮
不由己

這一筆落下流散天涯，幾十年州縣太長
染透了滿城的空花，風吹雨盡落誰家

那一筆揮下梨樹飄雪的落花，洗過了荊扉的門庭
看落山澗溪淺淡而荒涼，輕輕合上這一方土的蒼然
輕煙猶向藤夢／也許只在這一詩行停過，我只是若
水寒煙裡的　　　過客

附註：
忠縣：現今的四川省忠縣（家父的故居）
澐澐：波濤湧動貌
荊扉：也作「荊柴」。比喻簡陋的居所

輯五 凝指風華

喚渡四季遞嬗的典藏

在輕彈時間的紋渦裡，不知響踏了幾度

的空靈

深邃麗碧晨以峻媚，拂醒那時光的沉眠

像風一樣的人

　　車窗外經過許多未聞名的小站，行徑了一個多小時到了桃園某區，一身黑色衣服，綁著馬尾，開著黑色的車子，那就是我的作家朋友。

　　他居住的地方在山的那一邊，許多獨門、雙併小宅院的大社區非常寧靜，窗外飄著細雨在屋內也能聽見雨聲。客廳一堆堆的書擺放著整齊，一層層的CD片都是古典演奏的音樂，一些朋友給予的藝術贈品與他出國流浪的戰利品吊放在醒目的地方。他的工作室堆滿了書籍與專用電腦，原來文學藝術的家是這麼簡潔又寧靜。

　　他帶我到社區附近去散步，這個社區有兩座我最愛的網球場，還有籃球場，更有著山林步道可提供社區人運動。步道可通往山下的東山森林會館，我們當天晚上就帶著泳裝去泡溫泉了，可惜當時沒能看到夜景。

　　流浪會讓人上癮，我心想著他去流浪是想要尋找什麼？要體悟什麼？

　　在還沒遇上他之前，我曾經在文化中心的書庫中借閱他的書籍來看，印象非常深刻。

　　雲門舞集的流浪者計劃，選上了他去中國邊疆地方，當時他才大學生；完成計劃後寫了一本書也成就他在文壇上大放異彩。之後他陸續去了印度，為何會選上印度那個國家呢？

　　我想那條恆河流域所經過的城鎮、宗教、山林、河流，那些神祕的色彩讓他有衝動的想去探索與體悟吧！

　　他一遍又一遍踏上旅程，流浪與背包客是不大相同，流浪也是有著目的，卻只帶著最精簡行囊與貨幣，靠著雙腳行走，或搭乘大眾交通運輸，拿著地圖與指北針一路的行徑到村落、森林、沙漠……所停留每一處風景，所經歷的災難與無奈，所接觸的人文與風俗，每一處的感動與驚慌，總在日出時深感欣慰自己仍然還活著。

　　假如人們需要一些磨難才會成長，那麼流浪是一條最佳途徑。

　　而我的人生已是滿處荊棘，也背負許多的包袱，沒有太多自私的理由去做想做的事情，所以我還滿羨慕這位朋友，他能選他所選擇的人生，他能放縱自己給予生命的一個動力去實現願望，這是我所不能及的事情。

　　我曾問他：「年近四十的你還想要去流浪嗎？」他回答：「會再想去。」

　　在我心裡想著：「單身真好，沒有包袱或放下包袱而去做想做的事情，是一件多麼可喜的事啊！」

　　或許你們會認為自私，但是偶爾放任一兩回，再回來時，應是另外的心態，不同的自己，這也算值得了。

　　我閉上了眼睛，深吐一口氣，心中默想著，人生所遇到的人與事物中，（選擇）是這麼重要，在你身上我領悟到人要活得意義而精彩，這樣才能不悔。

　　但是又有幾人能做到呢？

　　還不都是為了開門七件事而努力奔波，即使能在專業上添加了光豔的色彩，但哪能管得上後不後悔呢？

　　以前我一直這麼認為，唸書到很高階段博士班的人，思維與行為都會與我們不太相同，或許生長與接觸的環境不同，對一件事情的分析與看法著眼點會比我更透徹些，但我覺得對任何事情都不要太過就會更圓滿。

　　我永遠記得一個靦腆的大男人，住在一個宅樓小院，有著幾株花朵，兩三坪草地，半高的圍牆裡卻關不住那奔流的思維。你就像風一樣的自由奔放，想飛到哪裡就是哪裡，但願有一天你的心飛累了，能找到一個值得駐留的地方待下。從那時到以後別忘記有位長髮女人，帶著祝福在遠方祈求你一生平安與健康。

附註：
作家朋友謝旺霖

我的相關詩作：
〈塵雨輕紗〉、〈畫情〉、〈夢渡〉

舊日的煙華

　　初夏，陽光穿透葉脈篩進了窗帷，風順著閭里街道拂過了沉靜的庭院，我們相約在「風尚人文咖啡館」。

　　我抱著十分的好奇心來見一個博士教授。

　　才剛打開店門就看到一位非常福相，灰白髮又裝嚴的男人在右前方角落揮手，我心裡竊笑的說：「Wow～～安西教練怎麼會來臺灣呢？」

　　他像極了卡通中的籃球教練呢！但他看起來卻比安西多了幾分睿智。

　　晴天如暖的薄日，咖啡館的大片窗櫺外花落靜美，我們在這長桌上相談甚歡，教授的知識高人一等，除了專業知識不說外，他懂得非常廣泛，也讓我打從心裡佩服，他悄悄地透露了他是滿人，愛新覺羅的後代，有著愛新覺羅的名字。

　　他也有一個帥氣優質的兒子，我睜大了眼睛驚喜的聽他說著他祖先流傳下來的事情。

　　心裡滿是喜悅，原來我一直喜歡的歷史，在這一世紀我遇上了皇族的後代，心裡悶著想，難道我上輩子也是在紫禁城中的人物嗎？

　　他讚美我的比例與手臂非常好看，他的眼神讓我的目光想轉移到窗外，猛吃著盤中的早餐，目光不敢直視著，我似乎聽見你心靈深處的聲音，因為他不只是想交我這個朋友而已，這也讓我心裡擔憂起來了。

　　內心想著你與我的生長環境與思維仍有太大的差距，博士教授，又是皇族之後裔，門不當戶不對的，我瞪大了眼睛也不敢想會有什麼緣分，我覺得至少要有「緣」才會有「分」，雖然現在已是21世紀，我還是無法帶著夢的眷戀去耽美愛情。

　　然而你一再的邀約共進早餐，我沒有拒絕依然赴約，在我的心裡我們會是朋友，一個設計學博士我在你的身上，我看到你與眾不同的氣息與驕傲的品格，但是我感受到我們個性與觀念大不相同，你擁有富貴之命，你需要一個懂得陪伴你下半生的女人，而我卻不是。

夏末這款細緩的風漸漸感到涼意，沒再接到清晨的問候，我知道你與我已悄悄地靜默，其實你我都明白，只是都不願意顯露。

明年花開的時候，再經過這繽紛美麗的窗櫺，還是會想起那衣袖翩翩文雅的男人，所以還是淡淡的最美。

然而我還挺懷念與你閒聊時那種愉悅的感覺，從你口中說出的每一句話都成為我的知識，在你面前我卻顯得渺小微不足道。

有朋友說要找對象，一定要找個愛慕的人才能夠永恆，想想這句話也不是不無道理，對方若是一個令你傾心仰慕的人，你自然只會看見他的優點，把缺點給模糊化了。

天氣漸涼了，無法追逐一場穿越的溫柔，北京的紫禁城依舊紅門深重，你的歷史與家族史上光耀流傳，我哼起那首歌謠，在我心上不能言傳，但你是特別的朋友。

一門深宮不見春，穿越了孤獨的心靈
你以為你可以找到，只因為你忘了往歲與今生

我的相關詩作：
〈心海的驛站〉、〈尋〉

穿越那頻率

　　飄著細雨，那修長文雅的身影撐著傘，在雨中來接他所喜歡的女人。搭上了臺北捷運列車，他把座位讓給我坐，用左手扶著我的肩上，右手握住手拉環，背著我的側背包，頻頻顧慮到別人是否會觸碰到我，年紀不大的他卻懂得保護與疼惜。

　　當年，你那稚嫩的外表帶點羞澀卻有著很好的責任觀念，我以姊姊的身分與你交流了一段時日。我們像是最容易相處的人，任何事情都可以妥協，唯有情感的付出與領受都是按照自己的模式，不太考量是否適合這忙碌的現代人。

　　大男孩說：「我們步行去逛臺灣大學附近商圈好嗎？」
　　我岔開他的話題問：「為何會是我？」
　　他眼神專注的回答：「妳的出現對我是必然的。」
　　在我的心裡咕著一句話：「難道你早就知道我將出現在你的人生中？」
　　我腦海裡一直浮著謎團。

　　頓時片刻，我才遲滯的回答：「好，我們去逛商圈。」

　　一直被牽著手，我好似一個小女人在他的身旁走著。

　　他總是溫柔的說話：「這間不錯，我們去看看。」

　　身材偏瘦的他挑選T恤總是以白色為主，衣服上印上許多英文字，他端視許久又放下，我問：「怎麼了？這衣服有什麼不對？」

　　他笑說：「這英文意思若在美國恐怕不好。」

　　我竊笑的說：「這裡是臺灣，沒人會留意衣服上寫什麼呢？」

　　不過，法律系博士高材生果然細心。

　　我明明就大他許多歲，卻被他這般給同化了。

　　同一時間我們說去咖啡館歇歇腳吧！

　　一間鳥居牆上與擺設都是商家自己從國外帶回的藝術品，我挺喜歡這些有紀念性的舊物。我們喝著香濃的咖啡，聊著彼此的事情，也聊著他在律師事務所打工的事，因為他晚讀了博士班，再度工讀讓他覺得像學生一樣的歡喜。

　　他那狂喜的眼眸告訴我：「告訴妳一件小祕密，我來自多爾袞的後裔。」

　　接著敘說著他家庭演化至今的事情，我好似周遊了那個年代的歷史，原來歷史書上都是真切的事。

　　坐在對面的男人，柔軟的殿堂中甦醒著那份高傲的血統。

　　陽光篩過行道樹，投射在窗檯的花兒，我們坐在這世紀交換一些愛情故事，無論是什麼樣的身分都藏著一些傳奇與滄桑。

　　愛一個人不就是要讓對方快樂嗎？

　　而你的愛，我卻承擔不起，或許是年紀的差別，也或許你還不夠成熟，但我永遠記得那瘦長、白皙、靦腆的大男孩曾經漫過我荒漠的心原。

　　數年後，經過那間咖啡館的座位還空著，也許你早已經忘了，窗外依舊與當年一樣飄著細雨，這場景好像只是為了要讓我與你相遇，只是如今在這一桌上我們都不見了。

　　我等待，你將會用什麼樣的心情想起我？

我的相關詩作：
〈輕塵〉、〈愛在煙雲琴聲長〉

飛翔的國度

　　2013年7月17日17：37分，妳的名字好特別，會是我認識的Jacyli？

　　當我眼睛一亮看到電腦前的數字都是「7」這個幸運字。

　　我欣喜的說：如果我有這個榮幸會是你認識的Jacyli。

　　我穿著十幾公分的高跟鞋站在相約的百貨公司前，看著匆忙的路人一遍又一遍的在眼前閃過。

　　我心裡想著他的樣子在螢光幕上的模樣應該沒變吧！

　　長得高不高呢？

　　忽然從捷運站出口處，看見戴著口罩與球帽迎向我走過來，我一眼看到他的眼睛就認出他，他有7分像洋人的感覺，即使那些多餘的掩飾都遮不住那種明星光芒。

　　我們將步行到附近的茶館吃東西，他親切的問：「妳這雙鞋子能走嗎？」

　　「可以啊！只要不是石頭路。」我柔和的這麼回答他。

　　他很紳士的背著我的肩包，一邊還輕扶我的手，擔心我有什麼著似的。我心裡自嘲著對話：「妳看妳怎麼穿這麼高的高跟鞋，讓別人這麼奉承著啊！我怎麼知道恕權哥高不高呢？在學生時期看螢光幕上他挺高的啊！」

　　李恕權哥哥是我敬佩的人之一，他沒有明星的傲氣，有著親切的笑容與一副善良熱忱的心，接觸他幾回總有收穫，他的經驗與歷練是非常豐富，也能說他的人生高潮迭起吧！

　　參加他創辦的讀書會，這已是他們第二次舉辦在泰國，為何辦個讀書會要離島呢？原來一方面希望我們遠離塵囂在此放鬆心情，一方面他個人喜歡泰國的風情。

　　泰國沙美島，一個我從沒踏上的國家，白沙、藍天、零污染的海水，一處沒有太多觀光客的地方，六月的雪花陳鋪於白沙，沿著浪花的波紋拾起那曾遺落的相忘，我們這一群從不相識的人聚在此逍遙，將心事飛放於一紙風箏，也在此互相吸收經驗與提升自己。

　　朦朧的月光絹刺揉金的沙灘，我沿著海域踩在綿柔的白沙，雙腳讓這浪不斷的回衝，我屏息靜待風勾勒那纖柔的初衷。

　　一群陌生人在這幾天相聚一起已熟悉彼此，每個人都有他的故事，事業、家庭、情感部分，在此抒發與分享並吸取別人的寶貴建議。

　　微風吹在樹梢沙沙的聲音，我們聽恕權哥與他聘請來的專業朋友分享他們的人生經驗，這是多麼美好的戶外教學。大夥都希望在這裡能夠吸收到什麼，體悟些什麼，無論你的感受是什麼？不變的是我們的情感至今依然長久。

　　月光朦朧，許多人在昏暗的海邊閃拍著月光海。在此沙灘上看著當地人的表演，喝著他們的調酒，朋友看我一口就喝下調酒，一副擔心酒醉的樣子勸我別喝太快了，然而他們都不知道這低酒精程度還不會構成我的失態呢！

　　我們吃著異國的料理，還到Night club又喝兩杯調酒，甜甜的味道讓人意猶未盡。

坐在圍欄旁邊聽著海浪聲，看著名人突然開心跳起鋼管舞。

「安可」「安可」，小舞臺下不斷地吶喊……不斷地開懷大笑，沒有國界之分，沒有煩憂，讓彼此的心結成一團的歡愉，這是金錢買不到的東西，我們彼此珍惜著。

人像風箏一樣，無論想到哪去總是從心而飛，無論飛往的距離是近還是遠，總有著方向努力而上，直到你想歇腳的時候。

夜晚我遠離聚集的桌前，一個人獨自到沙灘旁脫了鞋子踢著浪花，海水不冷，浪花濺濕了洋裙，當時的靜思是想留住僅是浮光掠影般的印象。

你看，無風，海浪卻很大，這裡真是可以忘憂的地方。

陽光灑落在海上，看著朋友們在海邊漂浮圍著聊起天來，慫恿我這個不會游泳的人。

「來嘛！我們牽著妳的手到海裡，不用怕我們不會放手的。」

　　我買了一套泳裝陪著他們下海了，走到海水滿到胸口處就停了下來，五人手牽著手圍成一團，好舒服的感覺，仰望天空，海水很溫暖。

　　朋友對我說：「不用擔心，當波浪掀起時只要往上跳一下就不會被浪打在臉上，或嗆到鼻子了。」

　　自從童年差點溺斃的害怕經驗，這是我第一次下海裡竟有著浪漫的感覺，即使被陽光曬黑了也值得。

　　我眼瞳充滿著嚮往羨慕著說：「我真不想回國了，好想留下來看大海、星光、夕陽與日出。」可惜我們皆是過客，不是歸人。看過故國那一片海景，還有一處海景在向我們招手，在這幽雅浪漫的氣氛裡與你，和星空對話。

我的相關詩作：
〈清弄〉、〈畫心〉

美麗的遇

　　一種與眾不同的氣息，但年齡似乎小了些，美籍的他不僅在臺灣唸書也在美國唸大學（華盛頓州金郡）。他有著與外國人不太相同的感覺，年輕沒有美式的嬉哈，卻多了成穩的個性，混合受過臺灣與美國教育卻發現他有著傳統的思想，我暗自喜悅，這個朋友應該會是一個可以談心的人。

　　百貨公司的咖啡廳正落於側門出口處，進出的人們很多卻沒影響我們談話，我們雖然年齡有點差距，但是還能夠聊得來，也能夠分享一些兩個國家的不同生活事情。

　　「下一次我回國可以與姊姊出去旅遊嗎？」他在訊息裡靦腆的問著。

　　「當然可以啊！」我打著可愛精靈的圖案回應他。

　　我不知不覺秀出潛在的稚心，跟年輕人交談自己也變得年輕了似的。

　　他回美的一年間我們仍然以訊息來交流與分享，難得我們有相同的思想與默契，原來我才知道這與年齡無關。

　　濃眉與臥蠶眼睛，有著會扎人的小腮鬍，笑起來有小酒窩，旅居美國多年卻還能保持著身材，在臺灣許多男人在退伍後就漸漸不成樣了。他吃著美國食物還能夠自我約束，就如同我一樣無論年齡如何，至少不能放任外表往橫發展，這一點我挺欣賞的，至少看出他在處事、交友間有著自己的主見與克制力。

　　枯葉凋零有幾丈長了，夕陽染了半天邊，金黃色的彩帶與水影交錯的替換，周圍的山水愈看愈驚異它的絢麗，即便它已漸漸消失的容顏，我在欣賞這樣的美景，因而無疑在遠方邀你共賞夕陽藏朵層間所呈現的柔美。

　　姊姊我十一月分就從洛城回國了。
　　我興奮的把旅遊的計劃告訴他。冬天去溫泉區最好了，可以消除疲勞又能放鬆，他意思是希望我能夠放鬆，在他的眼裡我很辛苦，他還真比我以往交過的男友中更為體貼與細膩。

　　臺中有這麼一處靜謐又休閒的地方，十多年沒有在臺灣開車的他，開著我的車子先到我預定的三義「綠葉方舟」吃飯。在山的那一邊，有著兩幢木製建築餐廳，簡單的西式料理，每每我到此處總是會看到要結婚的新人在拍婚紗，這裡的確很適合取景。

　　我嗅著這一季的蒔幽，無語莫上了繾綣，在內心豢養而滋長的情感，一直追尋內心的真實與純潔。我們以木屋藤蔓背景不知拍了多少張相片，散步在木板階上，雖然不是桐花季節卻也很浪漫，然而我將用什麼樣的心去迎接你。

　　往「星月大地」的方向直行，這地方是網紅處，但我們是頭一回到此地一遊，原來在后里區摩天輪旁的小路直開就能到這個祕境。小飯店典雅寧靜，園區不算大，但有著不錯的大眾泡湯區，也有著木製的餐廳。我們閒聊著各自成長的趣事與未來的願景。

　　我好奇的問：「你最在乎什麼樣的女人？」
　　他回：「金錢不重要，在乎是彼此間心靈與思想能否相符。」
　　我又問：「你在美國沒看上喜歡的女人嗎？」

　　他也誠實的回答曾經與美國女生交往過，但因觀念差距大就分開了，之後至今公司雖然有年輕的中國人，但沒有喜歡的人。

　　我心裡笑著說：「難道我就是嗎？」

　　雖然我交往過的男人大部分年齡比我小，但你也比他們更小些，在我內心仍然無法突破社會的輿論，更不想讓他鬧家庭革命。所以我們仍以姊弟相稱，然而我們的心靈一次接觸比一次的更加密合。

　　「我們都是傳統的人卻顛覆著傳統的戀情。」他無畏懼的對我這麼說。

　　淡淡的喜歡很美，我明白在異國是多麼孤寂，無論在何處想找個適合的人是多麼不容易，我也尋找很多年了。

　　寧缺勿濫在你我口中始終警惕著，你我相隔兩地卻心靈彼此依附著。

　　我常對他說：「你要盡快找到適合的人結婚。」每說到這句話時他總是笑說：「隨緣。」

　　姊怎會不知道緣分並非你想追求就能夠得到的，也不是已經結婚了就能夠永遠白頭到老了。

　　我珍惜在你我相遇時，因為每回憶起來總感到無比的溫馨，這裡藏著許多非常溫柔的回憶。

　　濃茶淡了香氣依舊，就如同我們不語也能相視而笑。我們踱步而上迎著細雨葉落，留存於今日的煙跡明日的惦念，我聽見你內心的聲音，那唯一澄澈的心靈，千百年凌空泛泛，竟在我們相遇間滋長，喚渡一場瑰麗的心。

　　無論未來我們彼此有什麼變化，我們能否相約下一個年頭、下一世紀、下輩子還能夠再相遇？
　　你說好嗎？

我的相關詩作：
〈葭月茶〉、〈故時情〉

明月千里圓

　　一池荷蓮幾株初蕊，透過薄霧投映在池上的月光，微風吻過的痕均露在葉上，卻只等待時間的經緯度。

　　那初綻的香醇味道在四季輪迴裡徘徊，煙花只一瞬，凋零、萎黃的姿態即是永夜的凡塵落素。

　　闃黑深沉的寧靜與零度時空交疊，迷濛、混沌在星辰的鐘聲交合，你們的靈、心、知覺已擺脫碎片的虛妄，行於雲山滄海，一路棲身修行在安寧祥和之處。

　　曾經在南方的風，勁吹在鄉村那一柳一春水裡，是不斷頻催長的枝椏愈發鮮麗的荷塘。一場細緻的雨挑起黛瓦紅門的紛揚舊事，坐望城南邊，只等日光傾城時，讓自由的靈魂慢慢憶起那山川吹皺的寒波，那一樹一花彎彎的心事。

　　一榕鬚落簷，飛逝人間又喚一季春。

　　你們以不同姿態寄託餘生，是緣分翻過江水來世間陪伴一程，訴說一段故事，戰史的經歷如末路重生，那春秋大事如光影下的幽蘭，已經顯然這般寧靜。是命運的安排讓這城鎮上給予了他的希望，在兩個不同年代、思維、語言、教育……皆無法逃脫的紅塵俗世，也將顯露出那般的隔閡與不協調。

　　因為你擁有善良寬大的心胸，在生命脈動的觸角願意接受不同的結合，或許纖細的心靈一直留白空間給孤獨與苦悶，沒人知曉那年老眼角的眼淚是什麼，只有我懂得。

　　她來自鄉村，深耕的期冀有著美滿與幸福，多少年無法融合，每一件事只是抱怨，怒罵聲直響而上。或者聽那毗鄰而居的婦人無心之語，也或者生長環境與教育、語言不同，種種本應相處久來會水到渠成的自然，然而卻不斷產生摩擦。只見一方容忍與退讓，那瀚海般的心，如他的故鄉長江般的包容從未離開。生命的長度只能不斷向上，所有在生活上逆耳的聲音，只不過是微風細雨，所有的苦悶皆吞嚥而下，只因這一方土有著與他故鄉相同的味道，一份親情捧心在實。

　　世事紛擾，迎過了「初春殷紅寶綠」，追風的身影南來北往，年邁的他再也沒有體力衣錦還鄉，總是抱著遺憾又苦悶，身負家擔的我卻忽略了陪伴。她的怯懦與擔憂停止所有的抱怨，看著他窮盡一生已經躺在病床，才了然於心這多年來的恩怨將化為山河塵土，他的人生再也駛不回我們這方的渡口。

　　青絲愁下才知蒼天捉弄，她知道這一路程四十年已是盡頭。秋水長天只見孤雁單飛，沒人為她擋風遮雨，只見她每天早晨對著他的相片雙手合十的祈禱，喃喃的聲音似乎有著最深情的呼喚，這是她生命力量在向心生長與延續的唯一寄託。

　　她九年的清淡平實，仍抵禦不了藍色的章節，抑鬱與暗夜同行，病痛的纏身已無法再讓她找回知覺。遠在國外的我頓時感覺到冷意，內心的冰河碎裂著重複拼接著妳與他的情節，我沒有崩潰的淚水，也沒有走不完的路，誰又懂得那份關隘重重後湧上的冷漠，這是一段內心長遠的苦旅。

　　修葺那冷色調的荒原，幾場未盡的風雪別了春意，纏了秋思，卻暖了冬念，生命的翦影與內心相結合，歲月與靈魂總期盼一絲暖陽相陪伴。我不是晚歸的獨行者，卻已踏碎樹影舟馬的山野，不知凡塵舊色，只嘆人間如鏡花水月緩緩穿過……。

　　冗長的人生，一段傳奇中藏了多少無法忘斷的故事，始終深信，一筆命數皆是選擇，走過的風景，那人生究竟有多少美麗的季節能令人動容。

附註：

這篇文章敘述父母親生長在不同年代與隔閡，家父是四川省中（忠）縣人，是經歷八年抗戰的軍人，家母是生長在臺灣臺南鄉村。在不同年代、教育、思維與語言不能溝通的結合，有著太多的隔閡與矛盾，他們相處四十年，無非是家父的包容才免除一些不必要的紛爭，詳情皆寫著在第一本書《羽化的精靈》散文篇裡。

我的相關詩作：

〈牽戲〉、〈千年緣〉、〈天不老相隨〉、〈天若有情〉、〈四十年爐〉、〈玄鶴〉、〈若水忠縣〉

紅葉隨逐在你的沉默

細雨紛飛走在紅磚大道上，那充滿普羅旺斯情調的店家，在一條蜿蜒曲折的巷弄內，一排排白色的欄柵，看著許多倚著牆抽著菸的人，似乎可以感受到他們那思考或憂悶時憑著煙霧吞吐間達到一種昇華的享受。

一個遠在東南亞國家的朋友來電，他告訴我已在新加坡與臺灣間往返一年了，這位朋友很少聯繫，只是偶爾問候而已，他是大馬人定居在新加坡，會說五個國家語言，他的邀約我很難拒絕，於是北上與他共遊臺北。

他帶領著我穿梭在捷運系統轉搭班車，沒想到一個外國人在臺灣比我還要熟悉臺北的交通，我心裡想著他學習能力這麼好，難怪在異地也能自處。

我好奇的問：為何會來臺灣工作呢？

　　原來他們公司是拍攝節目與外景的工作，他必須統籌這裡的一切事務。我心裡想著這位年輕人還真有能力，可以在不同風情民俗的國家帶領一群人工作，也很快熟悉當地的風情與文化，交通更不用說了，他的適應能力真強，身為臺灣人還真是羞愧，也打從心裡佩服呢！

　　雨飄過行道樹，打在微霧的玻璃前，在這世紀末的繁華都市，男女交耳在交換一些情愛荒涼的故事。聽過數次絢爛歸於平淡的愛情史，反映在這粗糙生活詭譎難辨的人世間竟是一種奢侈，在這一街角每一處都遺留著不滅的印痕，是否這裡也有份放不下的牽掛在等待？

　　每個相遇都是一種緣，無論結果是美好還是遺憾，都是順緣的接受這一切的喜悅或悲傷。有些人錯過了還是執著傻傻等待，更有一些人能夠釋懷而不糾結，一個又一個的換來換去，享受這種新鮮的感覺。

　　你已經結束臺灣的行程回到你的國家，沒了你的消息肯定是你很忙碌，兩地交流原本就不易延續，只是有著美好的印象，可惜緣分如此的淺淡。

　　夢魂是拘管不住在黎明前夕，懸念在輪迴中沉澱下來，仰著頭看著銀色路燈，盤旋的細密雨絲似乎被蒼涼所追逐。你的耳邊是否有這樣的迴盪，玻璃窗內我看見被誑騙的自己，在玻璃窗外偷窺者永遠看不清內心最深幽的祕密。

　　青苔、石板路，雨露寂然擊潰澄澈的晶瑩，何以追溯你那泊不進的渡口？風止、雲停無能擺動黑幕的來臨，我悄然溫習著漂泊的邂逅，留一稍鬱色，傾注心中的汪洋。

　　風輕揚著一脣翻滾的秋波，依泅在這城市裡徘徊，隨逐在你身後的沉默。

我的相關詩作：
〈流歲〉

鏡花水月

　　指尖再度觸摸了凝滯許久的墨跡，將昔景編織了色彩，墨香依稀飄忽那無法忘情的錯落，塵世般的鏡花水月。

　　羽飛之姿旋冥了煙雨，像精靈般連結了點與線，勾勒起代代朝朝墨客騷人之筆，依舊是蕩氣迴腸的情愛詩賦。

　　風輕吹動綺思，沁入圍困的思念，隨冬季的雨飄搖，我心旋縈幽幽嘆暝，夜雨紛紜讓思念飄起，是否都刻入你的葉脈，落葉不願等待枯萎，因是那破碎蠻荒的模樣泛起斑剝，連姿態都凋零於東籬。

　　寂寞的月色外傳來箏曲，是一首冬弦無言的別離，暮靄依附在我的窗，紅燭昏羅帳，剪燭長相思，卻也跌吻了歲月的落寞，一池汪洋。

時間熨燙那千萬縷殘留的憔容，聽雨在竹軒中漸瀝飄飛擁抱了孤夜，聆聽黑夜的傾訴，一酌釀碎的夢宴逐漸展開，誰能在無顏的陽光中映出陰影，輾轉未止的仍是嘆息間的啞然，誰能在歲月裡隨流水悠去，在流失的方格裡築起，卻是那遙被放逐的相思。

凝結的甘露，簇擁天地的禮讚，驀然回首揮別了剎那的緣聚，灑逸如雲水間的飄然。初起至始，難解遺落的心，在歲月的奏摺裡灰染斑斑，光陰凝聚在你我深邃的眸裡，字的吟哦在歷史的長軸，烙印了嘆息！

掌紋一路蜿蜒深淺
掌心輪過幾番山花爛漫，幾回霜林
春光極妍，浮世盡閱
回首紅塵太燙，往事煙花易冷

飛雁體詩

百百
百花春百
百欲鳥曲野百
百爭山琮亭城鶯百
春樓琤倚青落年早
幽高山碧四照
舊徑海天
平橫

附註：

飛雁體詩是左右開弓斜著讀

原文：

百春野鶯早，百花欲爭春
百鳥亭落照，百曲琮琤幽
百山倚碧天，百城青山舊
百樓高徑橫，百年四海平

茗香

茶
一盅
淡然香
映入杯鏡
那未汲色澤
浮歲如煙花舊
漩一渦迷醉幽夢
竟勻上了漣漪漫顏
誰能像是清茗的知己
指尖幹緣勻香的氣味
一葉繫上了懸思情
無可絮漫的迤香
啜茗一飲浮夢
北苑凌春風
三月番雨
煎水意
西蜀
茶

附註：由上而下讀或由下向上唸皆可

國家圖書館出版品預行編目資料

水昀塵瀾／馬凡媗（Jacyli Ma）著. --初版.--臺
中市：白象文化，2020.6
　　面；　公分
ISBN　978-986-358-936-5（平裝）

863.51　　　　　　　　　　　108021002

水昀塵瀾

作　　　者　馬凡媗（Jacyli Ma）
校　　　對　馬凡媗（Jacyli Ma）
封面／輯頁設計　李進（Jackson Lee）
專案主編　黃麗穎
出版編印　吳適意、林榮威、林孟侃、陳逸儒、黃麗穎
設計創意　張禮南、何佳誼
經銷推廣　李莉吟、莊博亞、劉育姍、李如玉
經紀企劃　張輝潭、洪怡欣、徐錦淳、黃姿虹
營運管理　林金郎、曾千熏
發 行 人　張輝潭
出版發行　白象文化事業有限公司
　　　　　412臺中市大里區科技路1號8樓之2（臺中軟體園區）
　　　　　出版專線：（04）2496-5995　　傳真：（04）2496-9901
　　　　　401臺中市東區和平街228巷44號（經銷部）
　　　　　購書專線：（04）2220-8589　　傳真：（04）2220-8505
印　　　刷　基盛印刷工場
初版一刷　2020年6月5日
定　　　價　350元